雪是停在云里的鱼群

芦花格格 著

北京燕山出版社

图书在版编目（CIP）数据

雪是停在云里的鱼群/芦花格格著 . —北京：北京燕山出版社，2022.1
ISBN 978-7-5402-6251-8

Ⅰ.①雪… Ⅱ.①芦… Ⅲ.①诗集—中国—当代 Ⅳ.① I227

中国版本图书馆 CIP 数据核字（2021）第 225449 号

雪是停在云里的鱼群

责任编辑：杨春光
封面插图：恰吉丸
装帧设计：陈　姝
出版发行：北京燕山出版社有限公司
社　　址：北京市丰台区东铁匠营苇子坑 138 号嘉城商务中心 C 座
邮　　编：100079
电话传真：86-10-65240430（总编室）
印　　刷：北京军迪印刷有限责任公司
开　　本：710×1000　1/16
字　　数：54 千字
印　　张：16.75
版　　次：2022 年 1 月第 1 版
印　　次：2022 年 1 月第 1 次印刷
标准书号：ISBN 978-7-5402-6251-8
定　　价：78.00 元

目 录

第五辑　仰望星空

第一辑　白洋淀

白洋淀

她想象着源头
一池澄明与天空融合

世界像一碗水
从不同角度展示它的实质

有一次我坐在流动的云里
一片羽毛飘落湖面

所有的
便改变了样子

打开窗子

可以看到美丽的大淀

一个硕大的盘子
盛满鱼和芦苇

它并不很深
如果把水抽出
会露出底下的水草

有些年它干过
所有的都展示在天空之下

界线

在这里
它把自己分为两半
一半浑浊
一半清澈
风都不能调和

不知道水底是不是有
虾兵蟹将守卫
让水和水之间从不纠缠

有些谜永远不能解释

有些疑问
只能让风吹散

倒影

看上去像水晶宫
因为光

如果颜色也是透明的
就会有不可置信的高度

有一种细微地融入
可以间接得到

或者相当于梦的思想
不必论证

只通过寓意
超然于物外的一切状态

水鸟

有的鸟在天上飞
有的在水面游
有的含着茎秆仰望着云

我知道鱼鹰、野鸭和淡水鸥
有时也会飞来几只天鹅

大淀使它们更亲近
关于天气
关于季节
或一闪而过的车站
留下一个个影子

鱼咬莲花

它出水的样子
更像一道光
射出去又收回来

我有幸看到这一瞬
那条鱼儿
一个欲望的圆满

水乱作一团
环绕它到了
一个你不知道的地方

自然法则

网里有洞
你溜掉了
是否庆幸
或者心怦怦怦跳

水给你安慰
但不能阻止
每滴水之外的危险

没有一个世界
自己掌握命运

那天鱼鹰缝缀起新网
所有的水狂乱地扯破衣裙
如受惊的群鸟

渔船

黄昏，渔船水一样悠闲
连同风，轻柔
胜过婴儿的摇篮

光不停地改变着色彩
直到缆绳系在岸边

时间在岸上走
在水里却没有

那天，我再次看到它
大声呼喊
船上的人并不应声

睡莲

此时她又凝聚成花苞
流水在四周
没有只言片语渗透

月亮优雅地行走
落入最遥远的地方

不必分出彼此
那光明的一边

佛的骨架
在地平线燃烧

夜是另一个空间地开始

你在岸边
读一本沾着水草的书

每一行都有水晶装饰
装订线是天与水的交界

那一页是一根
减去肉身的芦苇

携我进入
水下神秘的宫殿

晨

露宿的芦苇和三棱草
绽开欢乐的晨光

如此自由
恰似抻断所有黑夜的束缚

你停留在那
全新的天赋回归本质

未来家园
一池出水的小荷
接纳蜻蜓的惊慌

一个沿直线运动的

一个沿直线运动的
自有其魅力

那透明的锦缎
水鸟飞过时
生命如一朵白莲花

锦鲤闪着光
芦苇比荷叶更绿
倒置着插入这个世界

鸟巢在上
当水流与它作对时
所有的便进入防御

有一种生活非常简单

比如鱼的轨迹

手指是桨
水是命运

我买了一条船
沿着记忆沉没的路径

有一种失忆是小的死亡
搁浅在没有语言的街

不说白洋

不说东淀和西淀
只说带剑的芦苇

一本古老的书籍
流着锋利的液体

水村、风俗和道路
请给我一个轮廓和背影

水上的皱纹
一只小船缓缓离开

别

你放慢脚步
在无意地回眸中

瓦砾填满童年的路

渴望见到你
在没有星星的夜晚

月亮乘小船而来
颓废的石磨是田野的斑

鱼儿对草臣服的寂静

鱼儿对草臣服的寂静
一无所知

织网
在敞开的门前

你沿夕阳的线团回来
小船不在这里

显现的乡愁叠加成
浅浅的白

雨每年都有

跌入河流
汇入海

留下的堤岸在一个
微小的角落

小船向后
那棵草变成尘土

直到又一次雨后
所有的让位于水

当力量变得谦和

当力量变得谦和
向可视的世界下降时

有如静观中获得快乐
这也不足挂齿

如果天空把它高高举起
它会睁开孩子般的眼睛

如果躺在天空之下
便生出一万只眼睛的镜子

美，就在那个地方

生命

现在，淀面是平静的
谁能想象下面藏着什么

河水载着小船前行
一群小鱼吃常青的水草

我喜欢它们的游戏
常常带着湿地的味道

确实，我已经听到
蛙声了

网

我要把它丢进水里
捉很多鱼

可拉上来的却是腐烂的
水草和海绵状的东西

这不够深
你需喝下大口的水

或者钻进它心里
我有一把生锈的钥匙

我要用它打开最深的
那道门

水是绿色的

那个白色的亮点是淡水鸥
但我并不感到它的存在

还有那些漂浮的
它们只是表面的事物

就像斑驳的墙壁
和生锈的栅栏

突然间融化
露出本来面目

天上，有一颗小星星

除了流逝别无其他
虽然看起来，你走得很慢

当安静的村落又有一个消失
你翻山越岭，重新归入

无尽之中，它一定是看到了某种
未来，在我们还没意识到

有一种永恒的甘泉
属于我们的时候

河边

芦苇和水草靠近我
我变得和它们一样葱茏

因为芦苇，我有了思考
由于河流，我开始旅行

但不急于行走，没有船桨
我必须用手臂向大海的方向划行

一条河的方向

没有人到过它的尽头
经过你的时候，它说：

瞬间。越来越远
会背道而驰吗

好像一个圆环
比如，过去的残留在未来

逝水

我要把它看作一面镜子
并寻找与之对应的痕迹

或者已经在其中了
你一定会找到证据

在宁静的淀面上
或突兀变化的浪花中

九曲桥

它呈冬的颜色，很窄
很低，只能两人并排

车马不能过，小火轮
也要绕行。我的祖先

就在它的深处，你能
听见划水的声音，像是

培植芦苇，又像围剿
外来的食人鱼

又一次进入白洋淀（组诗）

又一次进入白洋淀

不看荷花与芦苇

只听水在喘息中
讲过去的事

你分开语言
把小鱼放进去

船桨来回摆动
它在说什么？

大门关闭
一滴音符落在脸上

纪念馆

船上，两个孩子站岗

保护身后的家

河水很瘦
缠绕在心

然后悬挂展厅
一支大抬杆

两把红缨枪
还有蜡像小天使

雁翎队

发现时
他与我擦肩而过

像大雁一样离去
翅膀下隐藏着幸福

如果到一个温暖的国度
请离开伤痛

你站在最高的云层
想家的时候变成雨

我不知道他们是谁

留在记忆的风景中
灰色的长裤褂和现在

很不相配
他们比牺牲的更不知名

家保住了
用船围起来

如果想进去
先把哀悼装进渔网中

老照片

我没有去过那个年代
对于它

我只能从照片上看见
或无法看见

如果水能记住
我就关闭记忆

任它不断换上新衣服
新的小草和婴儿

白洋淀的春天

面纱撕开，一条线
以公正的方式蔓延

仿佛微笑
直到被风吹散

应该有水跟着它奔跑
你推开一扇门

冰凌爆裂
生命轻巧地跳起

秋天的芦苇

每一株芦苇都孤立出来
逃出思想禁锢

绿色不再强烈
河水潺潺，滑出耳朵

线条在另一个世界弯曲
纯净，飘浮在冷的空气中

芦苇画

当大自然流入城里
渗入房间、办公室

你呼吸它，以为是
离城二十里的池塘

心仿佛裂开
又像是停下思想

带着不明白的小小含义
汇入万物中的萌芽

小荷

它在里面振动、跳跃
既不寂静，也不孤独

你的等待形成一个圆
在它的边缘

一把剑切断流水
仿佛闪电刚刚降生

钻出水面的不一定是鱼

也许你会借助这一跃
达到一种无所不知的境界

亲眼目睹细微的线条
和最活跃的浪花

你乐于达到至高的快乐
如果是一种不和谐的游戏

就脱去鳞片
振翅或者毁灭

雪是停在云里的鱼群

安静而温暖
有时很久不露面

但也会在湿气敏感的
时候露出鳞片

你看到一些鲜活的东西
在倒扣的船舱里飞

当一个事物进入另一个

有如初生的婴儿来到世界

在有风的清晨
稚嫩的声音气球般升起

你的赤裸像雨水
洗过的蓝

我听到你的呼吸
仿佛耳边有一片远方的海

王家寨

是水中翡翠，是青石板路
是幽深小巷中的青砖女儿墙

拨一拨时钟，是十三座神庙
是雁翎队和烽火中的芦苇

那个唱民谣的老人，唱响了
昔日的晨钟，他遥望着

钟声中，那些扛着大抬杆
回家的人

安州古城（组诗）

安州古城

嘈杂关在城外
你的国是另一个样子

再一次走进是二十年之后
你依然坐在古城墙上

"还等什么？
坐呀"！

我小心翼翼

生怕身上的尘土
弄脏那把安乐椅

古城墙

我该用怎样的语言

描述它呢？

对于石头、泥土和一簇荒草
对于树木、天空和绿色的长椅

还有那隐秘的疤

现在它们全部流到外面
低于一切解释

古树

树根扎于泥土
恰巧在椅子下面

躯干被火掏空
空洞得让人害怕

我已感觉不到自己的存在
即使能看到周围的一切

所有的物体也消失了

只剩下几块怪状的石头
丑陋地裸露着

烈士塔

我看到它在动
这记忆的晃动

从四面八方散发
包围大大小小的树枝

又转回来
用小小的旋风覆盖

在你身体里回涌

石碑

那块石碑还在
如果有人把它挪到

另一条路上
我就会失去方向

该恒定的不要改变
我要用它衡量自己的变化

秋风台

他就在我身边
我把生命借给他

这不值一提
也不必大惊小怪

有些故事像石碑
一样沉重

有的地方永远有一汪
发白的水

易水河

你称它为特殊背景
在纸做的芦苇间

完全地投入角色之中

就像寒冷河面上
一缕微弱的阳光

有一句崇高的话语

一定还有许多没有表达
比如仇恨和爱

护城河

突然间，它像白昼一样清晰
箭和腐烂的肉体
铁锈和污泥

里面是黑水，关着
比空气更浊重的气味

凡是存在的，都有记忆
包括最深沉
最隐秘的

不要打开城门

城外有植物蔓延几千里
觊觎着将绿爪攀上城墙

有什么东西引导你慢慢移动
就像那汪水被驯服
从水管里流出

太阳从四时开始坠落
所有的都不会亘古不变

我在书的一角写下地址

它就像一粒沙
在阳光下闪着微光

我感到离它很远
有一天它会被暮色压扁

一条裂缝通向另一个城市
有一个小小的书屋

那本泛黄的书正感到
轻轻地抚摸

就像古老的城墙
遇到雨

土和地（组诗）

土和地总是紧挨着
因为体力和劳动的融合
种下或收获

那天
有新人来到这里

在地上铺了一条
长长的路
又把土清扫

他说，我帮你
好让你的思念周游方便

农民

倘若绿色的禾苗还记得他
一定会垂下头去膜拜

一个古老之神

他说：凭触觉
就知道土地的脉搏

那年稻穗没约会在秋天
星星迁徙

你身披水泥
关闭所有的灯

炊 烟

在盈满的屋顶升腾

是谁把它连缀起来
镶嵌在树梢

回忆你

当数里外的父亲扛着锄头
穿过黄昏到达

稻花香里说丰收

天空将大地溶解
稻香随意走动

一行大雁分开清香的空气
吐出黄金雨

听说都给了
挑着担子回家的人

如果必须，则卸下
全部重荷

倒身跪拜世界

第二辑　春在眸间

春晓

她来了，提着大大的行李
里面塞满了蝴蝶结

细心摆放在山坡和枝头
阴冷的大地瞬间豪华起来

是否要成为最完美的时刻

如果作为特殊背景
并慢慢地走进生活

二月

打开囚禁之门
一滴水进入河流
进入喧嚣的海

不需要任何语言
这绿色的魂灵
把所有的爱释出

我阅读它，读到
一棵树鳞片亮起，读到
泪乱作一团

三月

悬浮在空中
在不动的山坡上

盎然着春意
你的眼里是沉甸甸的枝头

阳光破空而来
细微的小路

向着时间撒下的碎片
敞开通道

初春

一滴水落在我手上，源于
所藏之物不小心露出的破绽

源于回家的小鸟，打开生锈的
门环，重新提出的水罐

我必须给它重新命名
比如，河边那些小草又大片大片绿了

雪落在春天

你来会是什么样子？

袅袅婷婷，吻一下
就能变成湖水

湖水映着小草

风抱着你，也拥着
垂柳。嘘——

枝条上长满了耳朵

魂灵阡陌，远在
千里之外

春在眸间

后来她被风唤醒
满地绿茵时，才俯身

一瞥。长短不齐的
音符，渐次弹出

词是多余的
只想把所有纳入

湖底。回眸
荡漾一池的精灵

谷雨的雨

没有边际，那些线
延伸到很远的地方

一切变得洁净而高尚
不能触及的在地的深处

你在倾听所有隐藏的事物
雨过之后，它们会长出长长的翅膀

端午

当落叶般的分离
转变为悲叹

有如奔流的河水
无边无际

伤痕的芦苇与生存的
持续融为一体

我承认，我把悲叹
唱成了人生的颂歌

端午情怀

只不过，我们要颠倒次序
来经历他的时代

即便是同一条河流
也会被另外的眼睛观望

这是一种幻觉

有没有因为出神地
冥想而耗尽自身

听，他就在芦苇中
等待悲剧的诞生

立夏

当然，我不会感到意外
在每一笔，每一个线条之外

看到那些无法测度的东西
无尽的背景似乎还带着

春天小小的尾巴，其神秘
用简单的"生长"一词

难以承受，那复杂的
相互交织的有丝地分裂

七月

这里有最壮丽的
古老力量

它的狂热遇到了
最滋补的食物

那高贵的核心
让所有的一切陶醉

你奉献出所有礼物

比如，想象中存活的
一切

七夕

雨落的时候
鸟也飞走了

一抹绯红还在
水面颤动

抽根雨丝
织一片羽毛

那么多羽毛，铺满河岸
那么多羽毛，不会飞

一个树林的秋天

夜晚，我听到叶子
跌落在一起

伤口在霜下隐藏
太阳徘徊在星星之外

如果拯救不了我又怎样
如果显示了那丑陋的伤疤……

仅仅是一个篱笆，一堵墙
一个地球稍稍地一个转身

秋

它找上门来，从坚硬的
外壳中，找出深藏的种子

苍蝇赶走了
小小的喧闹沉寂下来

这位头发花白的
深深的天空

它指给你看的是满地落叶
而不是被阳光裹住的山

天空被秋一点点举高

他们说你把天空唤醒
一缕把灵魂吹得明亮的风

鼻子发出呼呼的气息
当它念念有词时

一杯酒灌满了生命
有必要举行一次庆祝活动

比如，拉开帷幕
让精神飞离现场

秋晨

让天空从灰蒙的曙色中
显露出来，用一支

火炬，或一根小草
仰起的头颅

你不会在它面前发抖
如果被同情包裹

长久地沉默
被一粒草籽击穿

秋风的款待

把岁月的叶子带走
留下的在手中出售

在风尘仆仆的时刻
以酒壶相敬

未采摘的悬挂山谷
点燃黄昏的灯

你缓缓穿过每一位行者
但溢出的不止是光

冬至

我的冬至在身体里
在骨头和骨头之间的

拐角，啃咬我
并大张旗鼓地制成琴弦

是该这样放入阳光
去除身体里最黑暗的

部分，无关白天或黑夜
只想看看那些疤

春节

像其他日子一样
以某种相似的手段滑过

所有的认识不能给你
超出想象地解释

就像一堵墙
你从它外边走过

却怎么也找不到
进去的门

年

我曾在它那留下印记
但已经不在了

还有许多不在场的
或者被它装入盒子

现在，它就在我对面

后面什么也没有
前面也是

第三辑　心中的花园

回望

如果我把我的十岁
遗失在路上
她一定被一个旋涡所吞没

这条河进入地表之下
但我仍坚持前行
直到路的尽头

我买了一张单程的车票
车窗外，一个女孩消失在
小河旁，那是我曾经
站过的地方

十年

仿佛头顶匆匆飞过的小鸟
弹指间，无影无踪

或者它的飞行路线
就是一个复杂的算式

我以旁观者的身份
向它注目，抵消或合并

留下专属我的
空白

自画像

我用素描、工笔、写意
不，还是用闪电
画出一个我

在一幅巨大的
画卷里，我像一粒芝麻
小而又小

一粒芝麻也有一个世界
它陷入地的深处
并接纳乘虚而入的心脏

暗流

我是说我看到了河的
另一面，在深深的
栅栏之外，有一柄利刃
劈开了它

随之而来的是一些散落的
碎块和白森森的骨头
我把它们踢到更深的谷底
那没有白天的地方

但它们又顺着藤蔓一样的
植物爬上来，和你
对峙着，要占领你的
高地

之后

火焰散开后留下的是什么？
灰烬还是一座山？

灰烬和山只是我的想象
那比星星更远的天空

模糊的轨迹直抵心灵

多年后，我站在山顶上
有人从风中走过

有人举着火把
敲打我冷的心

玻璃栈道

突然发现世界
改变了样子，高处的
不再高高在上

雾蒙蒙的山峰，塔尖
一样的树顶，全都
匍匐在脚下

我常常习惯已经
习惯的事物，以至
成了自然

直到有一天，我走上
这条路，置身
百分之百的天空

天欲雪

现在有更多的精灵囚禁在
密室里，外面风在呐喊

天空冒着黑烟、白烟
模糊不清的烟，这是

一场战争，会不会有一个
轻而易举的结果

但是弱小的事物拧成
绳索，抽出自身的芒刺

雪院子

伪装正一点点褪去
那些饰演的角色

回到幕后，一切
都将清零，这不好

我刚刚穿好戏服，正要
沿阶而上，我的梨花

还没开，你说：
每个人都不能回避雪

炉火

我是说，它自己毁灭
自己。现在空洞的
眼睛还在，燧人氏

却已遁水。无非是
相生和相克，但还有
一个秘密，你看

那缕轻烟正藏起
火焰，向森林
走去

心中的花园

我一直都在耕耘
从它们胚胎的时候

有人看到了鲜花
却没看穿灰色的阴影

我总是以我的方式
剥落那些趋向

死亡的东西，有时
感到烦恼与羞愧

直到现在，我还不能
拭去蝴蝶翅膀上的灰尘

一些香，低入尘埃

在山脚借宿几日，岩石
不要抵挡挤进来的光

摧落它的是风
当然，还可以飘浮

无形的物体泼洒在
树林和湖泊

我触到时，她伸出小手
送我一捧紫色花瓣的黎明

清晨，音符和我

清晨有很多表达方式
比如鸟鸣

神秘的音符拨弄
太阳的丝线

直到把我唤醒
像小草一样在微风中
穿行

所有的全部忘记
只有感激渗出
泥土的身躯

风

风已远去，那些草
还朝着它的方向伏身

你打开窗子，整理
一地散乱的影子

我总是希望风过之后
能扫除陈旧的事物

月光沉落，一只蟋蟀
用歌声刺穿夜晚

夕阳

我知道，一切产生出来的东西
必定要痛苦地没落

在那短促的瞬间
无法遏制的欲望

被一棵小草刺穿
我不得不观察它的恐惧

甚至在它的背后
漫长的黑夜里

活着

你必须通过幻觉克服
那种可怕而极为

敏感的东西
并在视野中掩埋

设想一个过程
把恐怖演变为美

就像野花开在荆棘中

或者，有更高的灵光环绕
引诱你生出新的幼芽

落叶的沉吟

似乎不存在死亡
在它飘落的瞬间

语言同火融为一体
听见的永远比不上同时看见

如果时间也不在
另一个世界残留

你说：你的身体被
所有的事物照亮

芦荻

俯瞰众生的死亡
荻花一层一层开
开得那么白

秋风从很远的地方吹来
把苇絮撕扯得到处都是
芦苇的头低得更深

我站在赤裸的大地上
听枯黄的芦苇发出悲泣
等待大雪把光阴覆盖

荻花

我在你茎上
你的根在大地上

根随大地转动
我没动

我在等一缕风
我的魂比羽毛还轻

诸相在这里消失
全不要了

再看那片荻花
穿过天空，上升

追风筝的人

越飞越小，越小
越容易看到更远的地方

一缕缕阳光，一团团阴影
在脚下对立

有一对巨大的翅膀介入
缝合，让黑与白结成联盟

"矛盾也可以化解"，他说：
并飞进远古的海湾

网

阳光射向春天的
森林

我是森林中的小鸟
总也飞不出这些有条纹的地方

石猴

光在灰黑的空中反射
有人用针画来画去

声音在光线之后
你跳了出来

沾着海水，那人把你
在石头上磨

你喝下全部海水，看到：
海里的鱼、天空的鸟、田野的兽

地上的一切昆虫，原来只是
一粒粒磨出的棋子

一张扭曲的脸

窒息于尚未完成的使命
挑着所有的行李
前行

从一座山到一个城
一间屋子，一张床，一把椅子
那都不是自己的

只有藏在玻璃门后的
那个怪物，迎着他
走来

雨

像一只母狮咆哮着
钻出乌云的天宇

匍匐的青草也隐藏不住
麋鹿的颤抖

我听到嘤嘤地哭泣

风唱起摇篮曲
带它去要去的地方

沙漠

雨走完了所有的路
在这里放下疲惫

风继续延展着
无穷的寂寞

空旷的没有悲伤
比如那几只远远迁移的大象

在它们躺下时
竟挤不出一滴泪水

失眠症患者

夜，潜入海底
海鸥、海马、海豚各种声音
翻转成海的浪花

风从唐朝吹来
经过宋朝，撞向那
薄薄的墙，又返回白垩纪

"我的头好疼"
她说："我的脑袋里
有一片沸腾的海"

生命

深秋，枫叶是山的
唯一色彩

风的边缘，一只松鼠
逃进了林的深处

树枝沁凉
你站在枝的顶端

把红渗入我
在这凝霜的清晨

干扰睡眠

干扰你，就像影子
干扰阳光

跌下山谷，爬上墙
又侵入新一格栅栏

是谁在扩张地盘？
我听到影子落在

大地的碎块上
它摇晃着我的身体

那破裂的，从睡眠中
流出的光

给疲惫的人一个晚安

只需一张床，一片
草地或一块石头

在房屋，旷野
或某个隐秘的沙滩

布置一个沉默的黄昏
你从你的肢体脱离

白天的风筝在黑暗中
醒着

剪掉它，并扔掉
长长的线

涌动

海在远处升高
浪花和云搭起一座长桥

天空收藏着涨溢的故事
桅杆楔入地域的界标

当风撕开历史的一角
沉船回归，炮台威仪

在刘公岛坚实的骨子里
一条血脉在涌动着

第四辑　摆渡人

桃花

在风中小坐片刻
然后爬上山坡

必要时将名字赐予雨

写在树上的火焰
被另一团火燃尽

唯有命名之物流入河水

除了半透明的玻璃床单
还有水面颤抖的花纹

渡

那只小船是小小的奢望
它用淡淡的虚线，勾勒出
永无止境的旅程

晨曦和黄昏是夜的开始和终结
你是一条鱼，鳞片闪亮的针
穿过所有的帷幕

或者那池水也要变形
按照它的喜欢
起着云和雨的名字

摆渡人

月光倾斜时，应该有一张
模糊不清的脸

小船在远方，要有一个
神秘的摆渡人

在睡着又醒来的梦中
我又一次踏上旅程

你要仔细查看，那些
不知疲倦的浪花

那散碎的倒影，是划桨人的
也是我的

佛光

收复大地，以烟缕的
翅膀离垢风尘

你从颠倒的梦中抽出
放下灰烬和一些碎骨

关于磨损的部分
关于留下的

被指尖轻轻弹起

一线之隔

这里也是动物的世界
肋骨在上，羊腿在下

一条鱼，请饮尽黑暗

或者一百年前，它们也是
一张张熟悉的面孔

一次波澜壮阔的洗礼

辣椒、葱段
是什么直冲我的眼睛

扫地僧

是浮尘、落叶、杂草
不，是她、他、它们

扔下大大小小的石头和
一溜歪歪斜斜的脚印
蚂蚁失去方向

没有必要躲避，就在
树叶下边，更不必
睁大眼睛

空

当我走进来的时候，上一刻
没有了，以前的我

正在消失，房子是
多余的，还有椅子

你跳了出来，甩掉
空壳子，当然还可以

在野外奔跑，延展
无法想象的空白

蝉鸣

或者在黑暗中，也有
闪烁的目光

以至揭下隐蔽外壳
而达到至高的快乐

囊括整个世界，甚至
径直穿凿地球

渗透、过滤
获得心灵的宁静

蝉，没有多余的生命害怕死亡

从幽暗的状态中撕裂出来
一个被恩赐的存在者

置于大自然的手中
无须任何追问方式

当死亡的意义传授
一生也得到了计算

你变得越来越小

当一切重归岑寂
你看到最广大的澄明

荷

它自成一个世界
什么也不放在心上
比如那露珠

也有风吹过
但它很快扶正自己
像打坐的蒲团

拒绝云的栖息
拒绝鸟鸣
只有莲端坐诵经

那天，我从荷塘回来
打开相机
发现我正被包裹其中

茶

仅仅是本身最单纯
最难以分解的

它来自内部
你一旦留住

那种舒适和惬意
被深深地不安所取代

却不就此止步
想象超出颜色和气味

在那离奇的时刻
一切都飘浮起来

毁灭
或死而复生

雪落寒塘

雪落的时候
淀已封
杳渺而寂寥

蓑翁离去
孤舟沉沦
只有那座浮桥思绪
延伸

此时，若有片月澄明
晦明相并
那展现在眼前的
是不是冰和雪从本心捧出的
水的清净

寻找

我寻找的地方
不是竹林，也不是高山

当我的身体无限延伸
我的手指触到白云之上的门环

翅膀飞过的时候
她脱掉了尘世

是迈了进去?
还是走了出来?

安静

此时，黑夜还没有醒来
森林像一幅画，在黑蓝色的
幕布上

静静地呼吸
白色的树挂在梦中
形成

晶莹而透澈，我被这
天空的静默所吞没
它来自我的心

新年第一场雪

漫无止境地飘落
一切都将清零

僵硬的乌鸦，扑倒的
芦苇，都抛离了原有的名字

我游离于雪花之上
躯体也将淡出我的
眼睛

回望

有时候走过的路瞬间化为虚无
比如，鹰在天空飞行的路
比如，月亮落到水里的路
好像当初和气流的搏击与摩擦
原本就不存在

天很空，也很美
此刻，我看不到奔驰的汽车
也看不到忙碌的行人

万物就像大海一滴
又像天平上的微尘
时而传来一两声鸟鸣
就像凌晨寺院的钟声
传向很远，很远

第五辑　仰望星空

梦者

如此美的领域
我必须站得更高

才能忘记白天带来的
烦恼与纠缠

当越来越多的事物被
掩埋，我有黑暗对话

努力克制的是醒的一半
而生活的另一半是梦

脚印

始终如一，在既定的
轨道上旋转。我们也在

工作和回家的路上。但是
爱思考的人却在旅行和

探索的途中，或者
一旦思想来临，停下

脚步，站立几个小时
无论单脚还是双脚

节奏

自然吐露出一种气息
仿佛它要为自己

肢解成波浪地震颤
你把想象提高到极致

面纱消灭
不只是肢体

而是整个身心，突然间
热烈的生长起来

风语

那从深渊中发出的声音
是对世界重铸的语言

它的放纵并不是
自己的激情

而是我们追求的静
并不包含其中

我固执地跋涉于
山林和大海

连同那飘浮的
半音的音节

流星

它来自世界黑暗的广袤空间
作为奔腾江河的一滴
注入世界的血管

有一声低沉地喟叹
"如此空寥"

渴望在痉挛般地挣扎中
还未死去

仿佛是一种命运
用一种最亮丽的形式
表现出来

姿态

当一幅精美的织锦展开时
你看到的是所有形象

以独立运动的线条
而简化成的清晰弧线

世界由内及外被照亮
无限扩张

也许你会动用
不完备的手段

比如，所有植物、动物的
根基、根源

以及由里及表地生成

倾听

这是一种倾向的崇拜
当世界图像浓缩成
一个音符的时候

一种强大的魔力
替代了所有的呼唤

也许让你感到震撼的是
零星的，散落的星辰

但就在那一刻
你知道了想象和梦幻
无处不在

青苔

我相信那是通过内部光照
达到的低层次效果

就像栩栩如生的石头
迫使我的眼睛搜寻

它背后的原始形象

那种渴望生长，又萎缩
凋谢的不和谐音节

如一只雄鹰，安睡于
无法通达的深渊

梦

根本没有无关紧要和
不必要的东西

在没有束缚的领域里

当然，这需要时间的帮助
还有那个称为"我"的

一出皮影戏

那些快乐的，悲伤的
惊恐的假象

仰望星空

当你仰望并和它融为一体
那些神秘的碎片

在你面前飘浮
你成为一个更高的

共同体成员，忘记
行走和说话

你也是一块石头，但能听到
让人陶醉的雕琢声

斜阳

那是通过形象而散发
出来的光辉

从癫狂地欢呼到
爱慕的细语

一个超越所有现象的领域
但还不能展示其幽深的内核

哪怕是一点点表面地接触
或稍稍进一步

飞蛾

现在，让我们举起那盏灯
来看看它——

这不仅凭它生活
也凭它赴死的小东西

印上的那枚徽章

有没有合适的理由消除
死亡的恐惧

如果不充分，那就
假设一个神话

推出光明和生命的
等式

旋律

仿佛是没有形体的灵魂
把所有的可能一幕幕展开

你听到了不可见
但生动活泼的世界

还能在别的地方寻找
这种表达吗?

那种超越一切现象
又无视一切毁灭的

窗外

那些美和假象填充的领域
是你在窗内闭着眼睛

创造出来的世界
你视而不见

而去欣赏那些内在的
有一个模糊的界限

一种陶醉的游戏
正在等级的框架中开启

蛇

那蠕虫的触摸，没能克服
低级的认识水平

你仍保持谨慎
把自己化入别人身体

一切归于神话
但还有剩余物质

一种推动性力量
就在这蜕出的外壳中

旋涡

这是最大的力量用最简单的
手段创造的壮丽轨道

速度如此之快
但并非随心所欲

也无需混乱
聚集的总是同类

比如，沉淀的和
升华的

色彩

你把一样东西称为红色
另一样称为黑色

还有一样是缄默
比如，那群没有牧人的羊

仅仅是一个残留
但也需要庇护

每天晚上都说着同一个梦

把伪装成美的假象
变成生活

拥有

尽管那只是想象
但还是抑制不住快乐

有几个孩子一直体验
仰视并透过一只拖鞋
看另一些事物

如果你也要拥有
就要穿越幽暗的峡谷

在一道悬崖上笼起篝火
融化冷的雪

天空不空

所有包含在这里的
并不为你所知

比如那些在场
却自行遮蔽的

你无从把握哪些
会爬到太阳之下

对于时间和空间
对于未曾提升的事物

麦田

盈满夏日的阳光
一个红衣女子走在
丰收的途中

没有足迹
就像风掠过湖水

所有的麦穗
抬头仰望
对镰刀却一无所知

时光之罪

它不是很美吗？
像午后的风在花园里

你追随它已经很久
这奇妙的灵魂

需要屏住气息
它要啜饮万物之露

发生了什么？
它飞了过去

你掉下来
在正午的深渊

面具

如此巧妙地掩饰
在脸上，肢体上涂上

色彩艳丽的东西，甚至
在旧的上面又覆上新的

有谁能确认在 x 光下
看到里面

我正好看到剥去
面具和涂料的裸体

当掘墓人在门口
等着的时候

树荫

没有任何技巧和技艺
当白天降临的时候

你像一个幽魂
坐在冷的背阴处

谁要揪住它
就在四周扬起粉尘

你不紧不慢，调制着
时钟的发条

有时候也会有只鸟儿进来
在高高的太阳下

蜗牛

它的梦还隐藏在
城堡里，不能飞

在孤寂的黑暗中
你嗅到了尘封已久的气味

但它确实行走在人世间
当门扇开启时

你会看到一张小小的脸
和一个浮肿的灵魂

爬行者

它靠你的生命和受伤的
角落养肥自己

在你烦闷和脆弱时
修筑令人讨厌的巢

奔跑、游荡
离开大地

爬上更高的
阶梯

影子

不安定地奔走
这疲惫单薄的幽灵

在一个拐角险些跌下去
现在，它又长高了些

一根弯曲的脊梁骨
风吹得它团团转

瞧，它走进了冷的水中
连同头和心

菊

它们把你当做可疑的人
并用狭隘度测

你的无言并不合体
以至当你靠近时

它们脱离自己而消失
选择了逃逸

你还要穿上统一的衣服
重新整顿秩序

并伸出长长的手指
做出对应的回报

停留在时光中的影子

我觉着大地上
沉睡着一个形象

是所有想象中的一个
一支笔对着它乱画

谁在它近处，就能看到
它向你走来

如果它是不灭的
那么你就是虚假的

想要刻意挥霍的日子

你坐在这里等待
下降和没落的时辰

就像一个稻草人
依附在生命的树上

你试图进入皲裂的枝干
有一个妄想的轮子

关于未来，直到现在
并非为你所知

落叶

这样，你可以忘记一切愿望
当风吹来的时候

避开自己，又在画出更大的
圆圈里追赶

万物都在回避
那夜色中舞动的双脚

穿过丛林
或者沿着那边的河岸

孤独的漫游者

如果你无法摆脱思想
背离经验的绳索

你就会走上一条
人迹罕至的路

无需证明答案
如果肯定的

在不确定中出现
暂时的在永恒中生成

一束光

这是在等待中
获得的宁静

如同初愈的病人
对世界的重新品味

你在它之外立足
仰望，直至看到

自己的力量，成为
内心所反映的东西

时间

我一直是它主人
它也像影子一样步步紧随

但我入睡时
它却蹑手蹑脚在四周

窥视，并挖我墙脚
我不能时刻把守

一次我追它到圆的切点上
却被它裹挟着跌下去

之后

所有的幻觉跌落
你穿上灰色的衣服

疼痛残留在枝头
梦已白发苍苍

如果还有其他
那就是一幅画

用游戏的笔墨挥洒在
没有止境的画卷上

雷

他说：他必须下去
把光带到那个世界

装满杯子
让水快乐地溢出

听起来有些孤寂
在古老的街道上

你超越了某些事物
引领一条河奔向海

角落

她把死灰带进深山
把火背回来。这世上

总有让人向往的东西
即使最偏僻的角落

这让我感到羞愧

如果给予，要站在
很远的地方

褪色的世界里只剩下黑白

你从具体的形象中走出

成为一名旁观者
就像从台前退到幕后

甚至对台上生死攸关的
剧情也无动于衷

整个世界缩成一个坐标
一幅黑白的草图

开启

那只是逗留
或疗养的场所

在幽静的过程中
一切激动和兴奋
都在秘密进行

唯有在此种领域
我们才能猜度什么东西
属于最原始状态

你把它剥离
用最短的轨道

开始

那些未被掌握的坍塌
置于可靠的光亮之中

像格外的恩惠
被自身的光耀显现

去年冬天，它和黑暗之间
空无一物

"不，我脑袋里有一株草
在无限的框架里展开或蔓延"

不

能够理解它的人越来越少
如同雨从天空流失

没有人追问到最后
为何分离

你站出来
把一切放在身后

或者自行展开
伸向另一个开始

寂静中喧腾的事物

他雕刻出最纯粹、最自然的安宁
并沉浸在无声的对象中

那简易的线条
展现出完美的姿态

你在一眼看穿中感到兴奋
有无比的冲突

比如，变回一整块东西
竭尽所能地贴近地面

推一块石头上山

他用某些东西堆出一座山
并不断攀爬
哪怕最危险的小径

这白日的梦游者
推着死寂般沉默的石头
有时还会有赛跑者的脚

这不是错误
如果你登上山顶
看到的只是一块平地

第六辑　栀夏星空

枫叶

把血流出
再把心奉献
还有思想

不要停
在寒冷的风中

再次看到
是在一本书里

那枚猩红的叶子
窥视一片幽暗的
丛林

栀夏星空

如果大地自愿献出赠礼
你不妨把它转换成一幅画

陶醉。有如梦中看到的星辰

你也是一件艺术品
在醉得战栗中一动不动

雨落在另一片土地

喜悦在心中泅涌
冲破尘世的姿态

在没有乌鸦之前

一切归于尘埃

顽固和敌意的篱墙消失
一些碎片凌空飞翔

没有惊恐和必须遵守的界线
黑与白缔结联盟

想象把死亡投给路
把路放在森林边缘

连同那疏远的和没被
征服的自然

我看见了什么

我看见它在舞台展现时的
那种战栗

仿佛一所房屋扒去墙壁
你与它合而为一

如果白昼也穿上戏服
它的灵魂会随之舞蹈

世界在现实与舞台中交替
我的梦在变幻中编织

生命

一个渺小而古怪的东西
源于一个偶然事件
比如一颗彗星划过地球

这并不重要
或者就在水里

两个空白之间
一种感知被风吹来

你把它们巧妙归位
在合适的角落
唤来光、疼痛和名字

雪在回来的路上

挣脱变化形态的喧嚣

如果谁创造了悠闲和
清白之躯

而现实却是
虚假和堕落的

比如持续不断的罪恶
覆盖于其它事物

这需要一副药剂
如果能赎回和解脱

或者纷纷起飞
埋葬所有的

飘动的纸片

仿佛没有形体的灵魂
寻找神性的引导

在不正确的轨道中
抛弃生存的世界

夜里它追上你
如果你也像纸片般破碎

或者有风摧毁
还没有粉碎的东西

落往人间的雪

它不再是永恒的自然
在坠落的时候
偷一缕光为自己造一片天

你打开大门
让蝴蝶各处飞

谁把它带回现实
在地下种上植物
又在枯枝上长出寒冷

曾有一物，有原初的晶莹
和自由状态下的身体

地铁

有一种物体
在城市的身体里制造通道

当外界受到干扰或阻碍
它会远离并得到正常秩序

你是否穿越所有的词语和土地
当一条静脉隐藏于形象

那些丢下的或从身体逸出的
像秋风一样扫去

天路

那不是想象所描绘的
你必须远离自己

看一条路在空中辟出
没有一条路之前也是路

过去不曾涉及或不认识的
现在沿着可爱的道路生长

规则

如果把事物归纳为公式
那么一切就会变得简单

但往往有的没有界线
或公式的一边总在变化

我避免提及化学或物理的

一个原因加另一个
并不能得到相应的结果

有些事物这样或那样地发生

那天，我看到一个渔人张开网
捕到的却是一只鸟

平衡术

你是否知道所有事物
不能单独地存在

在特殊的链接上
无数个体服务于少数

弱小的死了
当它生活在不能隐蔽的地方

你的位置无人替代
你调整最合适的方位

向前，向后
吞噬或补充

隐遁

隐没于时间和空间
对于存在

如果和幻灭通过
因果关系去想象

或者只是超出认知范围
那就不必担心

你是墙壁上火光映出的影子
最终明白了该怎样思考

就像一个法则
还有消失了却永远存在的事物

每朵云都下落不明

沉默如薄烟
在轻之上接近无形
融化于空洞的蓝

时间是抚慰
既定的轨道上是怎样
一个词

我理解你
叶片上透明的晶体
不被听见

被风吹走的两张纸牌

一张是瘦小的
一张眼里还留着彩虹

你站在黄昏的船头
死亡在船尾

当影子刻入水面
雨追随它们

在流动的时空
有一个永恒的基地

你接近它们
瞬间成为另一种风景

一个苍白的图形

被描绘在准备好的画布中

这有助于确定方向
就像一片叶子去掉
还有感觉的叶肉

悲惨的骸骨
等待需要解释的东西

不要思索
当图形再次涂上绿色
所有的都被原谅

有一种最小的统治

超出你理解的所有事物

它有无比的智慧
你几乎感觉不到它的变化

就像空气和粒子
不断影响你

痛苦与恐惧

跟一个细胞对另一个细胞
吞噬相比几乎不存在

没有人说它来自灵魂

没有人说它来自灵魂
并从肉体中飞出

无声的水流经过它去了远方
风追赶流水
生命覆盖死亡

最近的被猎人看见

当有人问起，应该
从一个弱小的生命开始
然后从因果中展开

城市越来越大

以一种过激的方式
证明道德和欺骗

有从没见过的粉尘

如果我能缩小
便会看到美丽的花冠

那不过是生命链条的点缀
无关紧要的衍生物

春天的雪

你说在上面看到了自己
并在天空中闪着光

风像呼吸吹动六角的轮子
召集远方的灵魂

大地没能涂上白色
你盘旋于城市和乡野

最后一瞥是家乡那条小溪
轻轻一触便消失了

你试图寻找

合理的方案
予以澄清或辩解

转动圆盘
并用数字标出

设过去的一无所知
或一个方程无解

曾有一个微红的火焰
一个女人穿过所有

没有取代它的东西

在所有的语言和无声的世界中

一滴雨扬起粉尘
你触摸并召集所有的幽魂

褐色的影子
把美和丑交织在一起

我不知道死是怎么回事

预言颁布
假设的被急剧定义

眼泪是最小的海

一滴泪从大海中抽出

假如它重新回到你面前
或者有更亲密的接触

你甚至相信所看到的
那美丽的水幕之舞

不要判断真假

在否定之前
把它丢给缄默的收容所

寻找沉重的责任

尽管环境越来越糟
或危险无处不在

你还是孤独地感受

用符号把复杂的算式合并
让结果变得可以利用

当一滴露珠滑落草尖
成为世界的真理

你拴着落日
栽培一棵小草的文明

角色

他不停地扮演角色
寻找一个又一个场景

等级越高
越要忘记自己

是不是需要
一个普通人的形象？

比如一个细微的声音
讲述真实的故事

个别情况是
如果你把剧情当成现实
那对一些人是多大的讽刺

假如不该发生的

假如不该发生的实际存在
我不知道怎样开脱

在同一时间里
最有欺骗性的语言
不再为生命辩护

你蜷缩在错误的图圈中
被激怒的是后知后觉

如果能回到童年的清晨
一个裸体的男孩穿越
空心的地球

那些一眼看到的

那些一眼看到的
无需证明
就像面前的泉水

不管地平地凹
通体清澈

有时候也会从狭窄的
缝隙中挤出
如果其他的路径关闭

有一种路是故意制造的
并通向很远

她的家在旷野

门向四周敞开
花萼花瓣也不例外

蜜蜂和风暴相遇
涌入非常迅速

一切充斥着矛盾
花瓣飘落

一部分因为防守
一部分因为反抗

荒诞穿过我们中间

它有一个荒唐的脑袋
肥大的腹部

除了眼睛
都是它的代表

你的生活已不健康
蛆虫随处可见

飓风在天空之下
有的声音没被征服

当一棵小草告诉我
它是为花朵而生

当手臂举起的时候

有一种痛苦为伴
伴随的还有其他形式

你在黑暗中跟随

那令人担心的
恰好证实你的猜测

你知道一条虫子切断后
头部会咬断尾巴吗?

当植物和面包
以血液的方式出现

池塘被大雪封存

阻挡了你对小草的认识
一切都不再明晰

只有适应环境的
变得越来越大

那些至高无上的个体
重新把天空点亮

发号施令者
永远都有服从的人

雪向四周展开
降临的夜晚
闪耀于明亮的边缘

涌入的节奏非常迅速

涌入的节奏非常迅速
你睁大眼睛
拒绝任何事物

风是天才
把上面的重新排序

水下的生命
变幻着蜗居之所
举起悲哀的天平

所有的都挥霍一空

连同你之前积累的
甚至反对者的财富

时间、游戏、空间
磷光和火焰

你从冰川上寻找开端

有一种光在冬日的夜晚
展开白色的翅膀

她的到来
万物静听

坐在雨的外面

那列火车缓缓驶过
一名乘客向外观望

可移动的帘
里面有新生的事物

还有烟雾笼罩的世界
直到彻底远离

仅就这一次
你把所有全部留下

第七辑　烟雨长廊

烟雨长廊（组诗）

春的到来是一根丝
被弹拨的风吹开

伞下的面容
若隐若现

一朵漫游的花
从远方而来

我听过你
檐上的一点一滴

石皮巷弄

所有的都不能对你产生影响
那因无数因果铺就的

古老之巷
向远处飘去

万物藏匿起来

你小心触摸
并寻找不会遇到的

有多少新生的愿望
就像你不经意间看到的星

古风园林

这是心灵隐藏的最深生活
如同音乐意想不到的效果

雄壮的山石
翠绿的回响

风弹起流水
你绕过墙壁上的花朵

灵魂打开
天地一片寂静

西塘古桥

它的一生都在同自己抗争
白天四足爬行

到了晚上则卸下全部重荷
畅游虚幻的空境

一个活的生命体

你去哪里？
在成功穿越之后

货架上的古陶罐

货架上的古陶罐
小心地生活

你仰望
并猜测它的年代

一只蟋蟀说那是它的

倘若没有标签
你就有安稳的家

石雕（外二首）

岩石弹出的箭簇
赤裸的声音被山切割

比泉水更清的
是内心的澄澈

你是山中结出的果子
以精确的路线

为突如其来的
复活

木雕

年轮在月色中浮起
我目睹你
血色的花朵

我是林中住着的居民

当风带来古老的灵魂

路灯摇晃
马蹄轻击

匠人

你依然如此
给大地永恒的形象

捶打
直至灵魂

我听到山的回响
在一根肋骨之上

对于将它分娩
却一无所知

黑陶（组诗）

她把你带回原始状态
倾听大自然最低的

音符
固体、液体
还有光融入其中

无所谓隐藏
也不用衣裙的褶皱

当脱去世俗的落寞
你以最简单的方式呈现

制陶人

你把它从泥沼中捧出
放在磨盘上拉坯、晾晒

曾经的遥远染上

一层美好的幻影

你也从泥潭中走出
像一个云游的僧人

在夜里烧结
又汇聚成一个形象的光点

静物

当它将安宁和静默
呈现在你面前时

也引起你对那种
环境的同样感受

一些无足轻重和感到
震撼的东西瞬间消失

如此魔术
你仿佛进入另一个世界

花瓶

当你把它当作艺术

不免唏嘘!

那是什么?
一道没有界限的围墙

把现实世界隔绝
并把虚构的生灵置于上面

你一开始就消除了
对它的仔细临摹

但却不是在天地间任意
想象出来的事物

飞瀑（外一首）

时间的齿轮就在这里
那不值一提的一滴
撼动着整体
一刻也不停留

你抽离时间的进程
玻璃一样的车厢飞速展开
云雾般缭绕

一块又一块岩石彼此呼唤
夏变得低调
在山的深处
精魂般穿过

古道

比大海更深邃

一个神秘的舞者

是不是大山的脉络

你说你从石棺中转世
秋的时间正好

松鼠是你的随从
它携一粒种子

向左，向右
向深的腹地

茶香（外二首）

一只飞满绿色蝴蝶的
杯子，融入金色的歌声

仿佛迷幻的光线
穿过海，还有山坡

飘过的轻雾
你的唇被封住

有如花的庙宇遮住
疯长的草丛

茶

水中的诞生
有神灵相伴

当翠芽的碧水透过杯子
一旗一枪矗立其中

号角召唤
从何方土地乘着
太和之气

我想启程
以渡船的节奏

茶园

南风幻想的味道
带着一团茶色

在清明的雨中
发出回响

广阔的海

你是否唤起绿色的光环
和一针两叶的翅膀

月河（外二首）

再没有别的属于我
灵魂中倾尽所有爱你

我把你的歌放入水里
然后藏入夜

梦见百灵
梦见阳光在我身躯

夜变轻了
那就让晨曦来承载

曾有一物在水里
一泓抱城如月的清水
引领灵魂的舞蹈

蝶

它用花瓣簇成一个旋转的球

自那条清澈的线
悬挂于月老河畔的枝头

在晨霭中
用呼吸
还有让世界死亡的心跳
卷起白色的云

在那儿，你被春天观望
细小的身影落入
蜂蜜的罐子
在时间交错的星空

远方的风

借一个眼神和一道
走过的石桥
藏在古道巷深

夜晚
你隐于风中

月光照得不够长久
一声咳嗽拱破黎明

回味青石路上

拾起又不忍放下的深情

人生半载
还要多久才能取来
远方的风

猴子（外二首）

那些假山上的居民
掠过铁链，跳跃

你甚至不知道它们是否自由
直到那人扔下一小块苹果

你一直违背自己的意志而劳作
在无形的链条上奔走

世界在一个围墙里
你在里面却不能看到

摘下一枚桃子

摘下一枚桃子
你用整个身体品尝

用夏日的激情
从一棵树荡到另一棵

你融入树
桃子融入你

最后你成为桃子
被另一个摘下

猿

如果没有你
它也许更高雅

传说：
那时生活一无所有
贪婪、罪恶和耻辱

除了春天走向河流
森林的火和灰色的山
或者用棍棒拨开树枝

来，再走近一点
攀登时间折叠的
最近距离

你会触到雪
还有活在雪里的
钻木人

天池

无数的秘密埋伏在这里
在幽静的山脉
你想起一滴水的远方

简洁而高尚
鸟儿划过指缝
酒醉的倒影
被谜一样的蓝所诱惑

不要掩盖它的赤裸
当你面向天空
白帆也会变成云朵

桃花

粉色的絮语灿烂在光中
欣喜的蜜蜂齐射

花香喷涌，旋转
直到风带给我

它有美丽的手
待我如上宾

我在你之下
在你的国度穿行

油菜花

轰隆隆登场
这些黄色的小怪物
乘着绿皮火车而来

一匹巨大的黄绸
看不出
是一朵花和另一朵之间

空气被芬芳
还有窸窸窣窣地盘旋

从最高的树梢
到整个平原

海

当它把所有的
包含在自己的世界里

就像对自然世界的否定

那些有益的、有害的相互渗透
惩罚和奖赏减少

不再有任何问题

一切微小到可以忽略
身体之外已无任何东西

画

那是和谐产生的完美
当所有的颜色混杂

一枚绯红的花朵越过枝条
抵达理念的额头

或者能看到里面的根
你拨开所有的层次

但凡从那里倾泻的
或停在某个位置在那里生长的

第八辑　穿越清明

背影

那人头上开满了
芦花，轻飘飘地
像风

我看不见她的面孔
也看不到墨染的黑夜
遮盖的星星

一种莫名地恐惧和兴奋
迫使我走过去，寻求
一点点安慰

但我走得太慢了，或者
很多年后，我才能走到
她曾经站过的地方

今又重阳

他心里也有一个
太阳，别人看不见
那是他自己的

他坐在古老的
椅子上，又习惯地
掸了掸另外一把

一缕阳光悄悄
爬上来，他们开始
窃窃私语

真的不想再动了
但影子却不，只见它偷偷地
伸长，最后走出门去

夜归人

一条路走到最深处
那就是家了，它黑而又黑

仿佛时间排列的墙壁
猛然扭转的一个夹角

你是唯一的路人，着衣
持钵，走在回家的路上

雪不愠不火，填埋身后的
足迹，直到你成为远方的一点

遗忘

总是再次装上货物
而卸下之前的东西

残留的气味被海风
吹散，我试图抓住时

它不会驯服，就像
一个泡沫，撞在

悬崖上，既无波痕
也没牵绊

穿越清明

那些黑色的花瓣
仿佛蝴蝶的翅膀

带我飞向陌生的夜晚

我用温暖的体温告诉妈妈：
外面已是绿色泛滥的春天

月出

它垂下来，像没有梳理的
白发，散落在树上
屋顶上

时间在这一刻停滞
它推开窗子，挤了进去

坐在椅子上瞌睡的老人
站起来，走到床边

在他躺下的瞬间
习惯性地抚摸身体的右边

老屋

它总是缠绕我
即使半夜也不肯罢休

但我不能像叶子那样
离开，直到有一天

一条灰色的路带着我
来到它面前

有一个熟悉的声音
从墙缝爬出

而我却怎么也打不开
那把生锈的锁

孤鹜

我相信更多的鸟儿
已经逃离，裹挟
几亩荷花，几节莲藕

夕阳按住即将飞逝的
芦荻，美丽和孤独
难以想象

请下降俯瞰
扇一扇翅膀，一片
宁静足够

千寻

一直不能卸下这疼
那就捧在胸前

细雨的清晨，浮起梦
你站在更高的塔尖上

我需要追寻远去的花香
像一只兔子追赶另一只兔子

像一个船夫航行在
无边的大海上

辽阔的寂寞

当她摆脱了困苦和贫乏
所有的欲求消失

很难想象这也是灾难
你清除了时间

仿佛一个空的架子
长久地站立在时空之中

夜色

她惘然四顾，追寻
业已消失的东西

那衰亡、残破、凋零的
一切，已没入无尽的黑暗

不会有人看见她，甚至
她自己，但你会听到

当星星给你戴上
花冠的时候

呼吸是一条古道

她说道路没落
星星还距离很远

你俯身倾听
那喘息和被毁灭的

如果还留有混浊
也不必轻蔑

你可以超越，架一座
天桥，或者飞

飞翔的冬天

有一种冷，是芦苇落光所有的叶子
在风雪中咀嚼寒凉

有一种疼，是荷抽出最后一丝绿
瘦倒在冰面上

那个从十八楼飞下的孩子
被安放在太阳落下去的地方

雪夜，我听见有一双翅膀
带着荒凉的气息，向南飞翔

缺席的事物

保持前行，直到孤独
在愈加宽广的沙滩上

弥漫，潮水奔逃
留下含有盐粒的脚印

你在抚平的希望中眺望
被磨损的成为缺席的

事物，长期占领着
你的中心地带

每一场雨都不是简单的重复

荒野里长出一个蘑菇
采摘时需要雨

你呵护它如刚出生的小鸟
它却选择黑暗和逃逸

时间不会等候沉入地心的人
如果闪电把门环开启

你需带一只轻巧的篮子
它曾用雨编织

剥离

要从深处，直到
骨头和遥远的祖先

盖上白日梦
湖面上打起水漂

你不会成为一朵浪花

一条船正剖开伤口
向远处划

掩埋的记忆

越来越远
直到把一生走进去

左边是童年
拒不承认右边

是太阳落下的地方
谁会在意星光也要消散

那麻木的根系
当一只手将它拔起

月亮（组诗）

黄月亮

用寂静叙说
流溢的波痕

阴影和芦叶
是美的曲线

在水与天之间

我从来不会远离水
当她丝滑般围绕

我的梦
用它编织

红月亮

我的梦是一杯酒

一缕长发让我沉醉

如果在白昼中出现
死亡也是快乐的

你是一盏飘移的灯
穿过黑色的花丛

我是一潭月光凝结的湖
在无限的时空敞开

蓝月亮

只不过是一本书
翻开不同的内容

有梦的不真实
如果追求一种联系

可以想象一张较大的
单页，在海上

游荡的月光
唤醒每一朵浪花

黑月亮

是一块界石
它走得很远

如果不用眼睛观看
可在头脑中成形

在地平线和头顶上
抹去沉默的痕迹

或者在水里
一团漆黑被连根拔起

我把纸巾递给她

我把纸巾一张一张递给她
最后，干脆把纸巾盒
推过去

纸巾盒抽空了
她愣了一下
茫然得像被抽空的纸人

我无非是把她的泪从肚里掏出来
然后，放进自己的眼里

第九辑　小蝴蝶飞

初始

回到新生，回到
初始的时候，就像
第一眼看到的世界

白天是白天，夜晚是
夜晚，全部收纳在
绵软的衣袋

甚至有足够的空间装下
蓝天和白云，以及
所有的虫鸣

看一个通透的小东西
感觉如何？

过来，小宝贝
我要用你清澈的山风
拂动我心的河

秘境

在出生后还没有
记忆的时刻，一切
是多么美妙

就像在星期一之前
和礼拜日之后，月亮
突然停止移动

有四面干净的墙壁
存在，你在整理翅膀
就要打开一扇门，起飞

睡

当最后的脚步在大地上
消失，你躺下来

做婴儿状，鸟儿把翅膀
藏在身下

星星坠落，如雪花
打磨着这最高的宁静

月光

你投入水中的样子
像赤裸的婴儿

鱼也醉了
闪着白光

这甜蜜的河水
是我所爱的

她绵软地漂上来
笼罩着我

另一种表达方式

当你学着发出第一个
音节，犹如秋风
弹过丛林

我把它绕在太阳的
光线里，一千只鸟儿
在这里进进出出

瞧，我只画了一页
五线谱，你却甩出
一串风铃

当你走进水里的时候

　　　　快乐的涟漪从身边
　　　　展开，热气轻轻

　　　　升起，她背后
　　　　多么神秘

　　　　喂！请停下来！
　　　　带我穿越这个世界

春天的味道

春天充满房间
晨雾在河边苏醒

枝条还是一个
做梦的状态

太阳轻轻地抬起
眼睑，一片橘红

包裹你，你爬上
窗台，张开小嘴

在玻璃上
舔一舔

开始之前

这始终是个谜
一种变幻地编织

她看起来很简单
带着几分惊讶

那尚未认识的
尚未开启的门闩

必须摒弃那些
所谓的盛装

就像你自己在舞台上
对周围的文明视而不见

小蝴蝶飞

你学会走
就要奔跑

你想飞的时候
就向上仰望

现在，你向下俯视

我知道，有一个神
在你体内飞舞

向日葵

沉湎于热烈的渴望
而未受扰乱

你迷醉其中
并在时间和空间

张扬快乐
没有理由

只不过是自然天性中
内在的，自发道出

梅

不必阻止雪落
也不用等一缕风

如果你对她凝视
仁慈的娇艳也在

蓝色精灵中蠕动
有一声轻微地爆裂

你动一下
她也跟着转动